LA HUIDA DE BELLA

ELSA TABLAC

LA HUIDA DE BELLA

First edition. August 18, 2022.

ISBN: 979-8201021221

Written by Elsa Tablac.

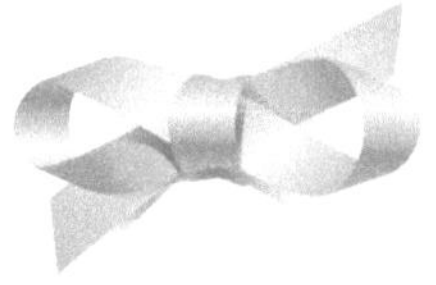

CAPÍTULO 1

DUNCAN

Estaba convencido de que ese no era su nombre real, pero yo ya no podría llamarla de otra forma. Bella. Observé cómo se deslizaba alrededor de la barra, sobre el escenario, vestida solo con un bikini mínimo y brillante. Nuestras miradas se cruzaron y creo que en ese instante bajé los ojos. Era complicado asimilar tanta belleza y ponerla en el contexto en el que me hallaba.

El sitio no era otro que el club de *striptease* de Roscoe.

Era la tercera vez en menos de diez días que acudía allí para tomar una copa con mi socio y amigo Justin. Esa era la versión que él tenía. Una excusa débil que dudaba que pudiese sostener durante mucho más tiempo. En realidad solo quería volver una y otra vez para verla a ella. A Bella. Todas las noches que hiciesen falta. Pero ya había decidido que la próxima vez acudiría solo.

—No te creas que no me he dado cuenta, Dun —me dijo Justin. Empezaba a arrastrar un poco algunas sílabas. Aquella noche conducía yo de regreso al motel donde nos alojábamos, y él ya iba por su tercera copa.

Desvié la mirada. En ese momento el local de Roscoe estaba en uno de sus momentos álgidos de la semana. Eran las doce de la noche del jueves y el bullicio era casi atronador.

—¿Qué es lo que no se te ha escapado esta vez? —le pregunté.

Justin señaló a la *stripper* con el dedo. A mi Bella.

—He visto cómo la miras.

—¿Acaso hay alguien en este antro que no la esté mirando?

—No. No no no. Ya sabes a lo que me refiero. Jamás has querido acompañarme a un club de *striptease*, Duncan. Nunca te ha dado la gana. Y esta noche estamos aquí por tu propia iniciativa. Por tercera vez. ¿Y piensas que voy a creerme que solo te apetecía tomar una copa? Si ni siquiera quieres beberte una cerveza.

Sonreí. Era muy difícil engañar a aquel cabrón. Demasiados años juntos.

—Eh, amigo. Que yo no te estoy juzgando —continuó—. Pero si te interesa esa chica deberías... no sé, acercarte a ella. Intentar hablarle. No siempre va a estar subida ahí arriba. O al menos ponerle uno de estos entre ese par de tetas.

Justin me extendió un billete de veinte dólares sobre la barra. La sola idea de plantarme delante de Bella y ofrecerle dinero a cambio de unos segundos de su atención me resultaba casi ofensiva. Le devolví el billete.

—Nah. Veinte dólares no llega para pagar ni uno de sus pestañeos.

Justin soltó una carcajada.

—¿Una *stripper*, Duncan? ¿Estás seguro? Podrías tener a la mujer que quisieras y te encaprichas de una de las chicas de Roscoe.

Me encogí de hombros. Tampoco me apetecía seguir negando la evidencia. Mi socio sacó la cartera del bolsillo. Una de las razones por las que estaba tan eufórico ese día era que había ganado una mano importante de póker justo antes de nuestro viaje.

—¿Qué haces? —le pregunté.

—Tengo una idea mejor —dijo, sacando un fajo de billetes—. Un *lap dance*. Te vas con ella a uno de esos apartados. Y que te haga un *striptease* privado detrás de la cortina. Y cuando termine le dices que te encantaría llevarla a cenar y al cine, y regalarle joyas.

—Tú ves demasiadas películas —respondí, riéndome—. Guarda eso, anda.

Justin levantó el dedo para llamar la atención de Mindy, la camarera. Una veterana del Roscoe que no había dejado de mascar chicle desde que habíamos entrado y a la que ya nada podía sorprender.

—Dime, guapo.

—¿Cuánto dirías que cuesta un *show* privado de aquella señorita? —le preguntó.

Le propiné una patada bajo la barra, pero no se dio por aludido.

—¿Quién? ¿Bella?

—Sí, aquella. La rubia flexible con cara de buena chica.

Mindy se rió abriendo mucho la boca y exhi-biendo varias caries.

—Sigue soñando, guapo. Bella no hace privados. No los necesita. Es la chica de Roscoe que más dinero gana. La número uno. Con diferencia.

—Todos tenemos un precio —dijo Justin.

Mindy se encogió de hombros.

—Todos excepto Bella. Yo puedo hacerte ese *show* privado, si quieres —contestó la camarera. No había podido evitar echar un goloso vistazo al fajo de billetes que Justin había sacado de paseo por encima de la barra hacía unos segundos.

Me acerqué a su oído y le susurré que parase de una vez. A veces era un ordinario y un fan-farrón. Justin disfrutaba dejándome en evidencia solo para satisfacer su morbo personal. Mientras él se ponía a charlar con Mindy, le di la espalda y la contemplé de nuevo. La idea de que Bella supiese que se había insertado a fuego en mi pensamiento me provocaba vértigo. Era ridículo. No estábamos en el instituto. Soy un tipo con éxito y tengo mi propio negocio. Y ella es una *stripper*. Como mínimo. Quién sabe si va más allá.

La canción que sonaba en ese instante era *Poison*, de Alice Cooper. Bella se contorsionaba alrededor de la barra como si esta fuese una extensión de su cuerpo, una más de sus perfectas extremidades. Cada uno de sus movimientos se amoldaba a la música y a todas y cada una de mis expectativas. Observé el coro de babosos que tenía alrededor y que lanzaban billetes a sus pies. Ella les sonreía como si fuese de otro planeta.

Era una auténtica diosa y no podía dejar de pensar en ella desde hacía casi diez días, los más extraños de mi vida. Una *stripper*, Duncan Murphy. Nada menos. Diez días tratando de asimilar la realidad. Que me había colgado de una mujer que bailaba mientras se quitaba la ropa y de la que no sabía absolutamente nada. Ni siquiera su nombre real. Un nombre que ni ella misma me diría.

Y sin embargo, tal vez yo no era muy diferente de los tipos que la jaleaban a sus pies. Sim-plemente la observaba desde la distancia, desde la seguridad de la barra del bar. No me atrevía a acercarme, y si Justin se enteraba de todo lo que pasaba por mi cabeza se reiría de mí hasta el día del juicio final.

Mi proceso mental durante aquellos días había sido...curioso. Al principio, negué la evidencia. Traté de olvidarla, aniquilar mi obsesión todo lo rápido posible. Llamé a Julia, una antigua amiga con la que tenía citas esporádicas. Conduje hasta la ciudad; la invité a cenar y me sorprendí a mí mismo pensando en Bella mientras esperábamos el postre. Después, la llevé a su casa y esa misma noche traté de buscar algo de información sobre ella en internet. Menudo idiota. Como si estas chicas dejasen algún tipo de rastro en la red.

Bella era menuda, atlética y tenía una melena rubia y sedosa que le caía sobre los hombros. Los labios en forma de corazón, y las curvas más mareantes que recuerdo. Me gustaba fijarme en su mirada, en ver hacia dónde dirigía aquellos enor-mes ojos claros, y debo reconocer que me estremecí cada una de las ocasiones en las que creí que me estaba observando desde su pequeño escenario.

Me giré y vi que Justin seguía con la distendida conversación con Mindy.

—Vuelvo enseguida —murmuré, aunque mi amigo no me prestaba ninguna atención.

Me dirigí al baño del Roscoe y al salir me quedé plantado en medio de la sala. Bella seguía moviéndose por el escenario, y justo en aquel momento se desprendía de su sujetador. Inme-diatamente cubría sus grandes pechos, rosados y perfectos, con su antebrazo. Era magnética. No podía apartar la mirada de ella, a pesar de que había otras chicas haciendo cosas muy parecidas en aquella sala.

Me encaminé hacia el borde de su escenario. En aquel momento no pensaba, solo respondía a mis impulsos. A pesar de la contundencia de sus curvas yo no podía apartar la mirada de sus ojos, convertidos en un ancla que ya nos había unido.

Bella se agachó, conectando intensamente con el público fervoroso de la primera fila. De nuevo, le llovieron los dólares. Dios mío, ¿cuánto dinero ganaba en una noche aquella chica? Me situé en un lateral del escenario y tuve que contemplar cómo se contorsionaba frente a un hombre. Ellos no podían tocarla, esa era la regla número uno del negocio. Ella sí podía tocarlos a ellos —tocar-nos—, y en ese momento acariciaba con delicadeza la calva de un tipo.

Analicé rápidamente mis sentimientos al respecto. *Sí, Duncan, esa es la realidad.* Aquel era su trabajo. Y de repente me sobrevino un deseo egoísta de sacarla de allí, de llevármela a casa, de darle todas y cada una de las cosas que me pidiera.

A una mujer con la que no había cruzado ni una sola palabra.

Fue entonces cuando otro de los tipos que rondaba por los pies del escenario, un repulsivo y seboso cabrón, estiró su manaza y agarró la pierna de Bella. Ella, ágil y rápida, se zafó de su garra, pero el imbécil insistió.

—¡Ven aquí! —le gritó.

Fue demasiado para mí. Me lancé sobre él y le propiné un puñetazo en la mandíbula sin ningún tipo de preámbulo.

—¡Déjala en paz!

—¿Y tú? ¿De dónde sales, maldito mirón?

El sobón dio unos torpes pasos hacia atrás, mientras yo avanzaba hacia él y lo agarraba de las solapas de su mugrienta chaqueta.

—No vuelvas a tocarla.

El tipo se revolvió y me lanzó un torpe manotazo. Nos caímos al suelo. De repente tenía a dos gigantescos gorilas agarrándome cada uno de un brazo. Reconocí el bigote de Roscoe, el dueño del local, que observaba la escena impasible a cierta distancia. Nos sacaron de allí a los dos de inmediato, mientras Bella recogía todo su dinero y se perdía tras la cortina.

El imbécil se largó de allí temiendo que pudiese volver a por él en cuanto el equipo de seguridad del Roscoe me dejase en paz. Uno de ellos me miró de forma condescendiente:

—Las chicas de Roscoe ya nos tienen a nosotros para defenderlas. No necesitan que nin-gún otro idiota las proteja. ¿Has entendido? Creo que deberías marcharte a casa por esta noche.

Asentí, mientras trataba de calmar el ritmo de mi respiración. Lo que en realidad hubiese queri-do preguntarle era que, entonces, por qué no estaba haciendo su puto trabajo; pero por suerte recapacité rápido. Lo último que quería era que me prohibiesen la entrada del local y no poder volver a Bella y asegurarme de que estaba bien; y preguntarle de una vez por todas cuál era su nombre real.

CAPÍTULO 2
BELLA

—¿Otra pelea? —me preguntó Rochelle, una de mis compañeras, ya en el vestuario, mientras se ajustaba las medias.

—Ahá. Otro idiota tocando lo que no debe tocar —contesté mientras contaba y guardaba mi dinero en el bolso. La noche no se me había dado nada mal y a pesar de que no era muy tarde, me daba por satisfecha y esperaba poder largarme a casa cuanto antes.

—Nena, eres la número uno. Roscoe te tiene en un jodido pedestal. Pero deberías ir pensando en cuál será tu siguiente paso y largarte cuanto antes de este pueblo de mierda. Bailas muy bien, podrías ser bailarina profesional. En Las Vegas o en Los Ángeles. O donde quieras.

Me reí. Mis planes no podían ser más distintos.

—Roch, has visto demasiadas películas.

No quería que nadie supiese de mis próximos movimientos. Y adoraba a Rochelle, pero era una absoluta cotilla. Si le contaba algo al día siguiente lo sabrían todas y, por supuesto, también llegaría a los oídos de Roscoe. En general, guardar silencio jugaba siempre a mi favor.

Cogí una chaqueta y un poco de tabaco de liar.

—¿Ya te marchas a casa?

—Aún no. Solo necesito un poco de aire fresco —le contesté.

Necesitaba un poco de aire fresco y necesitaba también echar un vistazo fuera y comprobar si aquel guapo justiciero seguía rondando por ahí. El equipo de seguridad del local lo había sacado de inmediato y no tuve tiempo de agradecerle su inútil espectáculo.

Desde luego, no era la primera vez que a mi alrededor se formaba una pelea. Pasaba bastante a menudo. Eran pequeños tornados de testos-terona que se desataban siempre al pie del escenario, y solían coincidir con el momento en que menos ropa llevaba encima. Pero aquel chico había llamado mi atención desde el primer día que entró en el local. Era alto y fuerte. Demasiado atractivo como para frecuentar el Roscoe. Yo siempre intentaba por todos los medios no fijar-me demasiado en los clientes, pero una no es de piedra. Y sí, desde el escenario puedo apreciar todas y cada una de las caras del bar. Veo perfectamente todas sus expresiones de deseo y de sorpresa.

Salí por la puerta trasera. Y allí estaba él, apoyado en un coche. Se puso recto nada más verme, pero no se acercó. Caminé despacio sobre mis tacones, sorteando piedrecitas hasta donde se encontraba, en el centro del aparcamiento. Tenía un moratón en la cara.

Suspiré. ¿Aquel hombre se había metido en una pelea por defenderme a mí o por defender su inexistente territorio?

—No deberías haber hecho eso —le dije al llegar a su lado—. No suele servir de nada.

Por un instante la seguridad que siempre me acompañaba se resquebrajó. Bajo la luz del aparcamiento era si cabe más atractivo.

—Ha servido para quitarte a ese imbécil de encima. Más que suficiente en mi opinión —dijo—. Y él no debería haberte agarrado.

—No. Eso es cierto. Pero son gajes del oficio.

Apretó los labios.

—¿Cómo te llamas? —le pregunté.

—Duncan. ¿Y tú?

—Mi nombre es Bella.

—Me refiero a tu nombre real.

Me reí.

—Ese es mi nombre real. Al menos en este plano de la realidad —dije.

—Entiendo que por tu seguridad no debes...

Su mirada era demasiado intensa. Me intimidó. Me atraía demasiado.

—Duncan, es mejor que te marches a casa. No quiero que tengas problemas con Roscoe, o que te prohíba volver a entrar.

Eso pareció interesarle.

—Tenía la esperanza de hablar contigo esta noche. He pensado que, tal vez, ¿podríamos salir a cenar algún día? Nada me gustaría más. Imagino que debe haber alguna noche que estés libre y que...

Me moría de ganas de decirle que sí. Había algo de ternura en sus ojos. Había algo en él que hacía que yo gravitase en su dirección, a pesar de todas aquellas piedras en mi camino. Quería refugiarme en aquellos brazos y descansar durante días. Pero no lo hice. Me ajusté la chaqueta larga, que se había abierto un poco en la zona del escote. Debajo solo llevaba unas braguitas, y él lo sabía perfectamente. Sabía que estaba casi desnuda frente a él, en aquel aparcamiento.

—Lo siento, Duncan. Me gustaría. Pero no puedo.

Sonrió y miró al suelo. Golpeó una piedra con la punta del zapato, enviándola a varios metros de donde estábamos.

—He de volver dentro —le dije—. Buenas noches.

Me miró fijamente y sonrió. Me di la vuelta y emprendí el regreso al interior del local. Tenía que hablar con Roscoe esa noche antes de irme a casa.

—Bella.

Me giré.

—Nos vemos otro día —me dijo.

Y a pesar de los acontecimientos que se aveci-naban, por algún motivo, supe que así sería. Asentí, pero sabía que la sonrisa que proyectaba era triste.

• • ⚘ • •

EL VESTUARIO ESTABA desierto. Era casi la una de la madrugada y las cinco chicas que trabajaban esa noche estaban empleándose a fondo sobre los escenarios repartidos por el enorme local de Roscoe. La llamábamos "la hora bruja", el momento exacto en que el bar estaba lleno y todo el mundo se mantenía lo suficientemente bor-racho como para que los dólares volasen hasta nuestros pies con mucha más facilidad.

Yo ya había dado la jornada por terminada, aunque el incidente con Duncan no había tenido nada que ver. Nadie más lo sabía aún, pero esa era mi última noche como *stripper*.

Lo dejaba.

Y sabía de alguien que no se lo iba a tomar nada bien: Roscoe. El dueño del imperio. Sí, él lo llamaba "su imperio". Salí al pasillo y busqué la puerta de su destartalada oficina; un cuartucho mal iluminado con una mesa por la que todas pasábamos a cobrar al final de la noche. Esa era una cantidad ínfima, evidentemente. La mayor parte de nuestro sueldo la obteníamos de los clientes que nos miraban embobados y nos lanzaban los dólares que ganaban durante la semana.

Llamé y esperé a que me diera permiso para entrar. Su jornada se repartía entre aquel despacho y el bar, donde se asomaba cada media hora para comprobar que todo iba bien y que el nivel de alcohol y testosterona no se desmadraban. Antes de entrar, me abroché el cinturón de la gabardina para que no se abriera. No me gustaba exponer mi piel delante del jefe cuando tenía que hablar de negocios.

—Adelante —su voz ronca llegaba desde el otro lado de la puerta.

Sonrió al verme, mostrando sus dientes amarillentos. Roscoe tenía unos cincuenta años y, —estaba segura—, había sido muy atractivo en el pasado. Tenía una novia veinteañera que, decía la leyenda, había sido stripper en su local. Él se enamoró e hizo que se retirase; y ella no había vuelto a aparecer por allí. Ese era un tema del que, simplemente, no se hablaba.

—Precisamente quería hablar contigo —me dijo—. Siéntate, por favor.

Aquello me descolocó. Roscoe no "hablaba" con nosotras. Solo nos daba indicaciones breves y cortantes, y nos pagaba en un sobre al final de la noche. Eso era todo.

—¿Ah, sí?

—Sí. ¿Qué tal ha ido hoy? —preguntó, como mera formalidad, mientras miraba la pantalla del ordenador que solo usaba para jugar al solitario.

Me encogí de hombros. La verdad, igual de bien que siempre.

—Sé que no hablamos mucho, pero siento que no hace falta. Eres la número uno, Bella. La favorita de los clientes. No necesitas ningún tipo de tutela y además me he fijado en lo bien que acoges siempre a las nuevas chicas. Todas te tienen como referente.

—Muchas gracias, Roscoe.

De repente me incomodaban sus halagos.

Se rio. Podría contar con los dedos de una mano las veces que lo había visto reírse. Claramente, había escogido el peor momento para decirle que me largaba. Que aquella era mi última noche. No debía explicaciones a nadie, pero sentía la necesidad de decirle que volvía a mi ciudad, a recoger a Shelly, mi hija pequeña de tres años, que había pasado los últimos seis meses viviendo con mi madre mientras yo conseguía el dinero para pagar las facturas del tratamiento médico de papá.

Pues bien. Ya estaba. Lo había conseguido. Veinte mil dólares que ya estaban a buen recaudo después de trabajar todos los días de la semana durante meses. Por fin era libre. Por fin iba a poder retomar mis estudios de enfermería pasado el verano. Por fin podría hacer todas las cosas que hacen las chicas de mi edad. Ir de compras, vivir durante el día, ir al parque y a la piscina con Shelly, y tal vez salir con hombres atractivos. Como Duncan.

Sí, eso no estaría nada mal. Aceptar la invitación de Duncan. O de "algún Duncan", ya que lo más probable era que no nos volviésemos a ver nunca más, y más después de haberlo rechazado con cierta frialdad. En ese momento pensé que ojalá no fuera de los que se rinden fácilmente.

Esa noche, sentada junto a la mesa del despacho de Roscoe, se me vino el mundo un poco abajo. Por el tono de su voz, supe que no me iba a dejar marchar tan fácilmente.

—¿Y de qué querías hablarme? —le pregunté.

Se recostó en su raída silla de oficina y puso las palmas de sus manos en la nuca.

—Tengo un trabajo extra para Crystal y para ti. Mañana.

Seguro que debió darse cuenta de mi cara de circunstancias. Al día siguiente era viernes, y tenía previsto coger un autobús por la tarde de vuelta a casa de mis padres. Quería estar con Shelly sin falta el sábado, pues tenía su competición anual de natación.

—Ya. El caso es que mañana yo no voy a poder, Roscoe. Tendrás que preguntárselo a Cindy o a Leanne.

Alzó las cejas en señal de sorpresa.

—¿Y eso? ¿Necesitas un día libre?

Respiré hondo. No podía alargarlo más. Dios, tendría que haber avisado con antelación, hace semanas. Pero tampoco es que tuviésemos un contrato laboral ni nada que se le pareciera lo más mínimo. Decidí retirar la tirita de golpe.

—Lo dejo, Roscoe. Esta es mi última noche.

Casi se cayó de la silla de la impresión.

—¿Cómo? No comprendo, Bella. ¿Necesitas unos días libres? Lo entiendo totalmente, llevas meses trabajando sin descanso, todas las noches de la semana sin falta. Debería haberme preocupado de que te tomases algunos días libres.

—No, no se trata de eso. He venido cada noche porque necesitaba el dinero. Pero es hora de pasar página. Quiero recoger a mi hija, lleva meses con mi madre y...

Agitó la mano para que me callase. Roscoe estaba a punto del colapso.

—Mira, ya lo pillo. No es la primera vez que sucede esto. Una chica brilla especialmente, por encima de las demás. Tiene dotes de bailarina y cree que puede hacer carrera lejos de aquí.

A lo grande. En Las Vegas. Me dejan tirado de un día para otro y se largan, persiguiendo sus sueños. ¿Y sabes lo que tardan en regresar a Roscoe?

—No es eso, Derek —creo que era la primera vez en mi vida que lo llamaba por su nombre de pila. Intenté ser asertiva para no cabrearlo más de lo necesario—. No me voy a Las Vegas. No quiero ser bailarina. Voy a seguir con mis estudios de enfermería. Me quedan dos años para terminar y quiero recuperarlo.

—No necesito tanta palabrería ni tanta justi-ficación. Has reunido el dinero que necesitabas y te largas. Fin de la historia.

Dejé que el silencio contestase afirmati-vamente por mí.

—Quiero continuar con mi vida donde la dejé hace unos meses. Es todo.

—Y lo entiendo. Eres de las que puede conseguir cualquier cosa que se proponga. Pero solo te pido una última noche, Bella. Un último favor. Es un *show* privado. Son tres directivos de la empresa de placas solares que se instalarán en el valle a partir de la próxima semana. Han preguntado específicamente por ti.

—Yo no hago *shows* privados, Roscoe, y lo sabes. Creía que a estas alturas había quedado bastante claro.

—No habrá ningún problema, te lo puedo garantizar. Serán tres mil dólares por un par de horas, Bella. Tres mil. Crystal estará contigo; y será en la sala anexa. Solo necesito que les hagáis un par de carantoñas y que les acariciéis las calvas. Y que les pongáis las tetas cerca de la nariz. Es todo. Gordon y yo mismo estaremos allí para que no haya ni el más mínimo problema.

Suspiré. Tres mil dólares no era una cantidad precisamente desdeñable. Pero la decisión ya estaba tomada.

—Lo siento. Pero no voy a poder. Imposible. Mañana por la noche he de estar con Shelly, ya me he comprometido a ello.

Tendrás que excu-sarme ante tus clientes. Cualquiera de las otras chicas estará encantada de ganarse esos tres mil dólares.

CAPÍTULO 3
BELLA

Salí del despacho consciente del cabreo de Roscoe, pero iba a tener que hacerse a la idea. Y cuanto antes mejor para él. Yo sabía perfec-tamente que dejar el trabajo sin avisar con algo más de tiempo no era lo ideal, pero nunca me había parecido lo común en aquel lugar.

Las chicas iban y venían por el local todo el tiempo. A veces desaparecían durante semanas y luego regresaban suplicando una nueva oportunidad. Nunca, jamás, ninguna de ellas avisó con dos semanas de antelación que iba a dejar de bailar desnuda sobre el escenario. Simplemente pasaban por su despacho y decían que se largaban. Así era como se hacían allí las cosas, y yo había tomado buena nota.

Lo único que no había calibrado era el simple hecho de que yo era su favorita. Supongo que lo sabía de manera implícita. Me lo había dicho Mindy, y también Gordon, el responsable de seguridad. Pero aquella noche, mi última noche, era la primera en que lo había escuchado de labios del jefe. Como decía, el diálogo no era su punto fuerte.

Entré en el vestuario, vacío a aquella hora. Abrí mi taquilla y conté de nuevo el dinero. Dos de las chicas se preparaban para marcharse a casa. El volumen de la música había bajado considerablemente, y aquello solo podía significar que se aproximaba la hora del cierre.

Sentada delante del espejo, mientras pasaba una toallita desmaquillante por mis párpados, pensé en si había alguna opción de quedarme y hacerle ese gran último favor a Roscoe. Entonces me di cuenta de que el muy listo había apalabrado un *show* privado sin mi consentimiento, a pesar de que sabía muy bien que no quería estar a solas con ninguno de los clientes del local. *A la mierda*, pensé. Por primera vez en mucho tiempo, tenía que pensar en mí, y en cuáles eran mis priori-dades.

Fue entonces cuando Duncan asaltó de nuevo mi pensamiento. Apoyé la espalda en el respaldo de la silla y fantaseé un poco con aquel guapo caballero. A decir verdad, él era el único motivo por el que me plantearía reorganizar mis planes. Tal vez alquilar un coche y encontrar la manera de viajar hasta la ciudad una vez acabada la sesión.

Si él estuviese mañana... Pero no. Lo había espantado. No era uno de los regulares del local. No lo veía allí cada noche. Entonces se me ocurrió una pequeña locura. Arranqué un trozo de papel de un bloc de notas y garabateé mi nombre y mi número de teléfono. Salí del vestuario y me dirigí a la barra.

El Roscoe ya estaba prácticamente vacío y la mayoría de las chicas ya se habían ido. *Mucho mejor*, pensé. No me gustan las despedidas. Llamaría a Rochelle en unas horas, por la mañana, y la invitaría a desayunar para contarle que me largaba de allí. Ella misma podría encargarse de contárselo al resto. O que lo hiciera Roscoe, me daba exactamente lo mismo.

Me acerqué a la barra, donde Mindy terminaba de colocar unos vasos.

—Eh, Mindy —le dije—. ¿Puedo pedirte un favor?

—Claro, nena. Lo que necesites.

Puse el trozo de papel sobre la barra.

—¿Recuerdas a un tal Duncan? ¿Un tipo alto, ojos azules? Ha venido unas tres veces en las últimas dos semanas. Acompañado de un amigo. Esta noche se ha metido en una pelea.

—Oh, sí. El guapo. Le gustas y mucho, ¿sabes? Su amigo es simpático. Pero él solo se dedica a mirarte embobado.

Sonreí de manera automática. Ya lo sabía, pero el hecho de que Mindy se hubiera dado cuenta me reafirmaba aún más en mis intenciones.

—Si lo ves de nuevo por aquí, dale mi número de teléfono. Ten, aquí tienes.

Me miró con cara de sorpresa. Yo nunca había mostrado el más mínimo interés por ningún cliente. Apoyó los codos en la barra y me miró fijamente:

—¿Por qué no se lo das tú misma?

Dudé un instante. De repente tenía un mal presentimiento. Quería marcharme de allí cuanto antes.

—Me voy, Mindy. Esta es mi última noche en Roscoe.

—¿Cómo?

—Vuelvo a la ciudad, con mi hija.

—Pero, ¿ya se lo has dicho a Roscoe? ¿Cómo se lo ha tomado?

—No demasiado bien.

—Bueno, me alegro por ti, cariño. Cada vez que una sale de este maldito agujero deberíamos celebrarlo. De hecho, deberíamos tomarnos un tequila ahora mismo.

Se giró, mirando hacia la hilera de botellas.

—No, no, déjalo. He de irme ya, Mindy. Nos tomaremos ese tequila cuando vuelva de visita.

Sonrió y me agarró la mano.

—Tú y yo sabemos que nunca volverás a pisar este antro.

Le apreté los dedos y le sonreí, en señal de despedida. Después fui al vestuario de nuevo a recoger mis cosas y largarme de allí de una vez. En teoría debería pasar de nuevo por el despacho de Roscoe para recoger mi último salario; como cada noche. Pero mi intuición me decía que algo no estaba bien, que lo mejor era no enfrentarme de nuevo a aquella mirada tan fría que me había dedicado justo después de nuestra charla.

Ya en el vestuario, me vestí con unos vaqueros y una camiseta. Cogí mi chaqueta de cuero de una de las perchas y abrí la taquilla para recoger mi bolso. Saqué las fotos de Shelly que había pegado en la superficie metálica y me las guardé. Conté por última vez el dinero en efectivo, exactamente los cuatrocientos veintiocho dólares que había conseguido en apenas tres horas de *show*. Lo hacía siempre al terminar mis números y justo antes de marcharme a casa. Era mucha pasta. Mentiría si dijera que no iba a echar aquello un poco de menos.

Fue en ese momento cuando debí haber detectado en serio que algo no iba bien.

Revisé la taquilla a fondo y no lo encontré. Mi teléfono no estaba. *Mierda*, pensé. Volví a mirar. Busqué por todas partes. Soy algo despistada, a veces lo llevo en la mano como si fuese una extensión de mi propio cuerpo y lo suelto en cualquier parte. En ese momento pensé que tal vez me lo había dejado sobre la mesa del despa-cho de Roscoe. No recordaba llevarlo encima en ese momento, pero cabía la posibilidad.

Segundo detalle inquietante: el silencio se había apoderado de todo el local. Mindy debía de haber apagado la música y todo el mundo empezaba a marcharse a casa. Miré el reloj. Eran las dos de la madrugada pasadas. A aquellas horas por allí ya solo quedaban Roscoe y Gordon; intentando sacar del club a los últimos clientes borrachos.

Me dirigí hacia la puerta del vestuario, dispuesta a entrar en el despacho y recuperar como fuese mi teléfono. Si lo había perdido, el día siguiente iba a ser un infierno. Aún tenía que solventar algunas cosas del viaje y dejar algunos cabos atados.

Me quedé helada al comprobar que la puerta del vestuario estaba cerrada. Insistí con el pomo de la puerta, pero no hubo manera de abrirla. Alguien la había cerrado con llave. Empecé a golpear la puerta con todas mis fuerzas. Aquello no era normal. Jamás había visto esa puerta cerrada; ni siquiera en los días en los que era la primera en llegar al vestuario.

—¡Roscoe!   ¡Eeeeeehhhhhh!   ¿¿Hay   alguien?? ¡¡¡¡¡Roscoe!!!! ¡Soy Bella, ábreme! ¡Estoy encerrada!

Seguí golpeando la puerta. La música se había detenido hacía rato, así que si aún quedaba alguien allí, era imposible que no me oyese.

De repente, la luz del pasillo que se colaba por la rendija de la puerta se apagó. Pegué mi oreja izquierda para escuchar al otro lado, donde claramente alguien respiraba.

—¿Roscoe? ¡Ábreme!

Una sombra se movía al otro lado.

—No puedes irte, Bella —susurró, con voz grave pero con un tono lo suficientemente alto como para que lo oyese con claridad.

Golpeé de nuevo, esta vez con menos agresividad.

—¿Qué estás diciendo, Roscoe? Maldita sea, ¡abre la puerta!

—No. No, Bella. Te quedarás aquí a pasar la noche. La noche y todo el día de mañana, hasta que cumplas con lo que hemos hablado. El *show* privado con los inversores.

Una ráfaga de ira me invadió.

—Tú y yo no hemos acordado una mierda, Roscoe. No te debo nada.

—Yo creo que sí. Me debes un poco de gratitud, ¿no crees?

—¡Ábreme! —golpeé de nuevo la puerta con energía—. ¡Gordon! ¿Estás ahí?

—Me temo que estamos solos.

—¡Maldito psicópata, Roscoe! He sido muy clara. He dicho que no haría el *show* y que no estaré en este pueblo de mierda mañana por la noche.

—Oh, ya lo creo que estarás aquí. Para empezar, porque no vas a salir de ese maldito vestuario hasta entonces. Tienes agua y galletas por ahí, si no me equivoco. Mañana te traeré el desayuno y hablaremos con calma. Haré que entres en razón, Bella. No me vas a abandonar. Ya te lo he dicho antes. Eres la número uno, la favorita de todos los clientes. No puedes irte, y eso ha de quedar bien claro. Buenas noches.

Me dejó allí, sola y encerrada. Escuché los pasos que se alejaban tras la puerta. Me quedé confundida y dolida en el vestuario desierto. Me senté sobre uno de los bancos y traté de pensar en mis siguientes pasos. Estaba en una situación que me atemorizaba. Mi relación con Roscoe era estrictamente profesional, pero no era alguien con quisiera tener un problema. Los tres gorilas que velaban por la seguridad del local, Gordon entre ellos, no eran los únicos con los que contaba. Los llamaba su "ejército". Pero eso no era lo peor.

Lo peor era que Roscoe andaba metido en negocios sucios, apuestas ilegales, carreras de coches y quién sabe qué más. Tenía comprada a la policía local, que le dejaban maniobrar a su antojo a cambio de dios sabe qué.

Tal vez había calculado mal mi salida. Estaba claro que lo que había hecho el resto de chicas, despedirse de su puesto de trabajo y largarse, sin más, no iba a ser tan fácil en mi caso. Pero, ¡qué demonios! Me había secuestrado, aquello era un secuestro y era ilegal a todas luces. Aunque por la mañana llegase con una bandeja de bollos y caviar y me dijera que solo había querido darme un pequeño escarmiento.

Tenía que salir de allí de inmediato porque tenía el presentimiento de que si me quedaba, si tenía esa supuesta conversación con él por la mañana; todo iba a ser mucho más complicado. Temía que me manipulase cuando mi decisión ya estaba tomada.

Me puse de pie y di un paseo por el vestuario. Entonces recordé la pequeña ventana redonda del baño. Una especie de respiradero que proba-blemente jamás se había abierto. Encontré un destornillador perdido en un cajón y me aventuré en los lavabos.

Me costó una media hora abrir aquella ventana diminuta, y dudé seriamente de si mi voluptuoso cuerpo cabría por aquel hueco. Recordaba exactamente dónde desembocaba aquel agujero en la pared: el aparcamiento donde me había encontrado con Duncan.

Me deslicé con cuidado e infinita paciencia por aquella ventana, y al final lo conseguí. Me colgué del marco de la ventana para caer al suelo de la manera menos desastrosa posible, a pesar de que la ventana estaba a unos cuatro metros de altura del suelo. Finalmente todos aquellos meses trepando por una barra de *pole dance* iban a dar su fruto. Tal vez a Roscoe no se le había ocurrido que, además de ser "la número uno", estaba en plena forma. Lancé mi bolso al suelo y caí sobre el empedrado del aparcamiento. Allí no había nadie, solo oía los grillos de los arbustos y el sonido lejano del tráfico de la carretera que conduce a Glennfield.

Hasta nunca, Roscoe. Pensé.

Pero ojalá las cosas fueran siempre así de fáciles. Tan fáciles como escaparse por una ventana y perderse en la noche.

CAPÍTULO 4

DUNCAN

No podía dormir; y mucho menos cuando ella apareció doblando la esquina de la salida de la carretera 36, la misma que conduce a la ciudad de Fairy Bay, el lugar donde vivo. Un fantasma demasiado atractivo como para no ser de carne y hueso.

Eran casi las tres de la madrugada y había salido al porche del motel en el que Justin y yo nos alojábamos aquellos días. Solo nos quedaban dos más para cumplir con nuestro trabajo y regresar a la ciudad. Estaba a unas cuatro horas en coche de aquel sitio inhóspito y perdido en medio del valle y nos habíamos instalado allí para inspeccionar un pequeño yacimiento petrolífero que podía ser prometedor. Los resultados geológicos eran prometedores, pero por el momento debíamos regresar a Fairy Bay y seguir trabajando desde nuestras oficinas.

Pero más que petróleo en aquella zona del valle, a aquellas horas de la noche estaba claro que mi gran descubrimiento había sido Bella, la chica del Roscoe. Y nuestro encuentro en aquel aparcamiento, hacía solo unas horas, me había alterado aún más si cabe.

Soy alguien que sabe aceptar un "no" de una mujer. Por supuesto. Aunque —sé que está mal que yo lo diga—, eso no es algo que suceda a menudo. Pero la intuición me decía que cuando Bella rechazó mi invitación a cenar no era porque no quisiera.

Me dio la sensación de que había algo más que se lo impedía. Y yo ya estaba dispuesto a regresar al día siguiente al Roscoe, mismo sitio y misma hora, para verla de nuevo y hacer un segundo intento. Era complicado, en aquellas circunstancias, acercarse a ella y mantener una conversación serena pero estaba dispuesto a intentarlo. Si me rechazaba de nuevo, me emborracharía con Justin, regresaría a Fairy Bay y seguiría con mi vida. Pero esa era una opción que, en aquel momento, la verdad, no contemplaba.

El recepcionista nocturno del motel salió a fumar y me vio apoyado en la barandilla.

—¿Desvelado? —me preguntó, mientras extendía hacia mí su paquete de cigarrillos, que rechacé con un gesto.

Me había tomado un antiinflamatorio debido a un moratón en la mandíbula que había aflorado al llegar a mi habitación, producto de la pelea en el bar. Charlamos un rato. Parecía un buen tipo. Terminó de fumar su cigarrillo y volvió a su lugar tras el mostrador de la recepción del motel.

Y sí, yo ya estaba a punto de volver a la cama para tratar de conciliar el sueño cuando la vi. La mismísima Bella, caminando sola por el arcén de la carretera. Pensé lo peor, y después pensé que el universo solo la estaba conduciendo al lugar donde pertenecía.

Entre mis brazos.

Para mi sorpresa, vi cómo se desviaba y se dirigía caminando rápido hasta la puerta del motel. Se abrazaba, tratando de taparse con una chaqueta de cuero minúscula. Dios mío, debía estar congelada de frío. Poco me importó que yo mismo estuviese en el porche mirando la luna, sin camiseta y vestido tan solo con un pantalón de pijama. Salí a su paso para interceptarla. Algo no iba bien, podía leerlo en sus pasos apresurados y en la nocturnidad de su presencia. Por mucho que ella fuera una bella criatura de la noche.

Vio cómo me acercaba, pero diría que al principio no me reconoció.

—Bella.

Levantó la mirada y se detuvo, sorprendida.

—Duncan...¿qué haces aquí?

—Me alojo aquí. En este motel. ¿Qué ha sucedido? ¿Estás bien?

Parecía confundida por aquel inesperado encuentro. Yo, en cambio, me sentía aliviado y esperanzado. Me sorprendió verla allí, convertida en una mujer normal, vestida con unos vaqueros y unas zapatillas deportivas. Pero ni aquellos trozos de tela podían disimular sus sinuosas curvas. Me di cuenta, entonces, de que sus pantalones estaban rotos a la altura de la rodilla, donde tenía una herida. Me alarmé.

—Estás herida, Bella.

—No es nada, no te preocupes.

Reemprendió su camino hasta la recepción del motel. Automáticamente la seguí.

—¿Podemos hablar un segundo? —le pregun-té.

La situación me parecía preocupante. Apenas estábamos a diez minutos en coche de la pequeña ciudad de Glennfield, la más próxima al bar de Roscoe; donde sería lógico que viviesen todas las chicas que trabajaban allí. ¿Por qué había acudido Bella a un motel en mitad de la noche?

—Lo siento, Duncan. No es un buen momen-to. Si te alojas aquí tal vez podríamos tomar un café por la mañana. Pero ahora creo que necesito descansar.

Hizo sonar un pequeño timbre en el mostrador y el recepcionista, con cara somnolienta, salió de nuevo del cuartucho donde pasaba las noches. Pareció sorprendido al verla allí, a aquellas horas de la madrugada.

—¿En qué puedo ayudarte?

—Necesito una habitación. Solo serían unas horas.

—Me encantaría ayudarte, cariño, pero esta-mos completos.

Bella apoyó la frente sobre el mostrador de madera, derrotada. Repitió la última frase.

—Solo necesito descansar un rato. No puedo ir a casa.

—Lo siento mucho...las veinte habitaciones están ocupadas. Me temo que no puedo ayudarte.

Yo había permanecido tras ella, escuchando atónito aquella conversación.

—Se puede quedar en mi habitación —le dije al tipo—. Yo me iré a dormir a la de mi amigo Justin.

Bella se giró.

—¿De verdad harías eso?

—Por supuesto. A cambio de una cosa.

Bella dejó escapar el aire que retenía de golpe.

—Olvídalo.

Salió de nuevo al exterior y yo la seguí, haciéndole saber al propietario del motel que yo me encargaba de enderezar la situación.

—Bella, escúchame.

No se giró. Caminaba directamente de vuelta hacia el arcén de la carretera.

—No te preocupes por mí. Hay otro motel a unos veinte minutos de aquí.

Ni de coña iba a dejar que caminase sola por la carretera a esas horas de la noche.

—Bella, por lo que más quieras, escúchame.

Se giró, concediéndome dos segundos de atención. Dos segundos que no podía desaprovechar bajo ningún concepto.

—Siento haberme explicado tan mal. Puedes quedarte en mi habitación y yo ya me las apañaré. Solo quiero que me cuentes qué ha sucedido. Porque nadie busca un motel a las tres de la madrugada sin ninguna razón de peso.

Suspiró. Necesitaba que bajase de una vez aquel escudo protector y que entendiese que solo quería ayudarla y, si me lo permitía, si ella quería, abrazarla.

—Es una larga historia —me dijo.

—Acompáñame a la habitación. Hay un botiquín, deberías curarte ese rasguño.

Percibí cómo sus hombros se relajaban en aquel instante.

—Está bien.

Nos dirigimos a la habitación número doce del motel. Justin dormía en la once, probablemente a pierna suelta después de la ingente cantidad de cerveza que se había tomado aquella noche en el Roscoe.

Abrí la puerta y la invité a pasar. Me parecía surrealista que ella estuviese allí después de haber visto su piel desnuda brillar sobre aquel escenario. La sola imagen de la cama deshecha, las sábanas blancas desordenadas, y su proximidad...hicieron que me endureciera. Si ella quisiera...si ella quisiera la cogería en brazos y la colocaría sobre aquel colchón, convertido en un trono y pasearía la lengua por cada centímetro de su cuerpo. Fue imposible sepultar aquel pensamiento, porque ella estaba demasiado cerca de mí, y estábamos demasiado solos. Noté como mi polla reaccionaba al instante, despertando dentro del pantalón del pijama.

—¿Cómo es posible…? Quiero decir…¿qué haces aquí? —me preguntó. Se sentó sobre el alféizar de la ventana mientras yo encendía la lámpara que había junto a la cama.

—Llevo diez días instalado en el valle, con mi socio, Justin.

—¿El chico con el que estabas en el Roscoe?

—Exacto. Teníamos previsto estar aquí hasta el sábado o domingo por la mañana y regresar a casa, a Fairy Bay.

Bella abrió los ojos en señal de sorpresa.

—Yo soy de Fairy Bay.

—¿En serio?

—Sí. Vuelvo mañana, de hecho.

—¿Cómo? ¿Vacaciones? ¿O quieres decir que ya no trabajas en…?

—Lo he dejado —respondió con firmeza.

La verdad, no necesitaba saber mucho más. Lo que había escuchado hasta el momento me sonaba a música celestial. Bella abandonaba aquel antro indigno de su exultante belleza y regresaba a su ciudad, que no era otra que la mía.

—Vuelvo a casa. Voy a retomar mis estudios de enfermería, y estar con mi hija.

—¿Tu hija?

—Shelly. Tiene tres años y ha pasado los últimos meses viviendo con mi madre en Fairy Bay. Soy madre soltera, Duncan. Te dije que las cosas eran complicadas…—afirmó, exhibiendo una sonrisa melancólica, al tiempo que agachaba la mirada.

Genial. Eso no cambiaba nada de lo que sentía, más bien al contrario. Lo que necesitaba saber era por qué había estado caminando por el arcén de la carretera hasta encontrar un motel con una cama libre.

—¿No quieres contarme lo que ha pasado? —pregunté de nuevo—. Si me dices que no, prometo no volver a insistir.

Me acerqué a la tetera eléctrica que había sobre el escritorio y la encendí.

—Te prepararé un té.

Ante mi perplejidad, y en lugar de encerrarse en el baño, Bella se quitó los pantalones vaqueros y se quedó en braguitas y camiseta delante de mí. La había visto prácticamente desnuda y aún así me puse nervioso. Me giré para que tuviese más intimidad mientras se limpiaba la herida, pero eso a ella no le pasó desapercibido.

—Venga, Duncan, me has visto con mucha menos ropa —dijo.

Se le escapó la risa. Y aquella fue la primera vez que la oí reír.

—¿Azúcar? —le pregunté.

—No. Respecto a lo que ha pasado, supongo que te puedo contar una versión resumida.

Terminó de colocarse la venda alrededor de la rodilla y me miró, esperando la taza que yo le ofrecía en aquel instante. No parecía tener intención alguna de volver a ponerse los pantalones.

—Te escucho.

—Roscoe me encerró anoche en el vestuario del club, cuando le dije que me marchaba. Minutos antes le había dicho que esa era mi última noche. Él quería que hiciese un último *show* mañana por la noche, uno de esos compromisos esporádicos que tiene a veces y que siempre he rechazado. No se lo tomó nada bien. Me amenazó y me dejó encerrada cuando todos se marcharon. Me he escapado por una ventana, y aquí estoy. No me ha parecido seguro volver a casa, porque es el primer sitio donde él me buscaría.

No sabía qué decir, pero la rabia se apoderó de mí, de la misma forma en que lo había hecho horas antes, cuando aquel tipo puso sus sucias manos sobre ella. Apreté los puños. Mi mandíbula se tensó. Bella dejó la taza sobre la repisa, y continuó hablando. Su voz tenía un efecto sedante, casi curativo.

La interrumpí. Estaba quitándole importancia a lo sucedido.

—Tenemos que ir a la policía, Bella.

—No, no, de ninguna manera. No voy a meterme en más problemas. Mañana era mi último día en Glennfield. Es mi último día en Glennfield, de hecho. Solo quiero volver a Fairy Bay y dejar todo atrás...

No sabía si preguntar aquello era demasiado indiscreto, pero no pude resistirme.

—¿Dejarás de...?

—¿De ser *stripper*?

Asentí.

—Solo lo he hecho durante los últimos ocho meses. Mi padre tuvo un accidente de tráfico el año pasado. Estaba pasando por una mala racha, sin trabajo. Andábamos mal de dinero y se acumularon las facturas. Yo estaba centrada en mis estudios y de repente todo se vino abajo. Tenía una amiga que había sido *stripper*, y siempre me había dicho que, si eras buena, podías ganar cantidades serias de dinero. Así que eso hice. Dejé a Shelly con mi madre para que siguiera con sus clases y me vine a Glennfield. Y era cierto. Conseguí más dinero del que hubiese esperado. Pero ya es hora de volver a casa, a continuar con mi vida...

Observé a la mujer que tenía delante de mí; y en aquel momento me olvidé de su cuerpo perfecto y solo vi su fortaleza, su tenacidad y su enorme sentido de la responsabilidad.

Me levanté de la cama y di un paso hacia ella.

—Si quieres, yo puedo llevarte a Fairy Bay, Bella. Mañana mismo. Si puedo ayudarte a que retomes tu vida en el punto exacto en el que la dejaste, con tu hija, nada me haría más feliz que adelantar mi regreso un día y acompañarte.

CAPÍTULO 5
BELLA

¿Qué quería decirme en realidad? ¿Por qué Duncan se entregaba a mí sin ningún tipo de condición, sin pedirme nada a cambio? Recordé mi absurda idea de darle mi número de teléfono a Mindy para que se lo entregase al día siguiente, si regresaba de nuevo al bar.

Pensé en confesárselo allí y en ese momento, pero el clima de intimidad que se había creado en solo unos segundos entre nosotros invitaba a aparcar las palabras y dejarnos arrastrar por la energía que nos envolvía.

¿Qué significaba haberlo encontrado justo en el momento en que más necesitaba que alguien me ayudase? Que fuera él, precisamente él, quien intentase salvarme dos veces en una misma noche, a pesar de mi resistencia.

Me miró y supe en ese momento que él no iba a abandonar aquella habitación durante lo que quedaba de noche. Y que yo no quería que se fuese a dormir a ningún otro sitio. Su compañía me reconfortaba y me tranquilizaba. Apenas unas prendas de ropa nos cubrían. A mí, una camiseta y unas braguitas. A él, tan solo un pantalón de pijama. Estaba excitado, era más que evidente, y mentiría si dijese que yo no lo estaba.

Una noche. Esa era nuestra noche. Tal vez nunca volveríamos a vernos después de aquello. Puede que Duncan en realidad tuviese una familia en algún sitio, esperándolo, y solo se estaba dejando arrastrar por el deseo y un intrínseco instinto de protección. Quería sacarme del valle y llevarme a Fairy Bay, alejarme de todas las garras visibles e invisibles de Roscoe. Pero yo, en aquel momento, solo quería sentirme protegida por su cuerpo.

Rompí el silencio.

—Apaga la luz, Duncan.

Quería sentirlo a oscuras. Él hizo lo que le pedía.

—Acércate a mí —le dije.

Aún sentada en aquella repisa, junto a la ventana, abrí las piernas para que él se acomodase entre ellas. Puso sus manos alrededor de mi cuello y lo acarició suavemente. Sus dedos se enredaron con mi melena rubia. Me excitaba sentirlo en la penumbra de la habitación, a pesar de que la luz de la luna se colaba por la ventana y nos iluminaba lo suficiente. Él palpó la humedad que descendía entre mis piernas.

—Quiero verte, Bella.

—Ya me has visto. Ahora yo quiero sentir tu cuerpo —contesté.

Tenía mis motivos para que aquello sucediese a oscuras. Levanté los brazos para rodear su cuello y él me quitó la camiseta. No llevaba sujetador, casi toda mi ropa estaba en casa.

—Llevo días soñando con esto —me dijo.

Me besó, pero no se entretuvo demasiado en mis labios. Enseguida desplazó su lengua hacia mis pezones.

—¿Quieres que te lleve a la cama? —me preguntó, ya con la voz alterada por su propia excitación. Recuerdo que en ese momento me sonó romántico, pero mi urgencia era aplastante.

—No. Aquí mismo, Duncan, por favor.

Me acerqué a él. Deslicé las manos debajo de la cintura de su pantalón e hice que se cayera al suelo. Duncan me agarró de las nalgas y me levantó un momento. Los músculos de su cuello ni se inmutaron al cargar todo el peso de mi cuerpo. Era la única manera de acceder mejor a mi boca, pues la diferencia de estatura entre nosotros era considerable.

Rodeé sus caderas con mis piernas y sentí la magnitud de su polla, que parecía buscar por puro instinto la entrada de mi cuerpo. No recordaba la necesidad imperiosa de ser penetrada; no podía recordar la última vez que había estado con un hombre. Los últimos años, en Fairy Bay, había estado lidiando con problemas que parecían destinados a encadenarse los unos con los otros.

Duncan, aquella noche, en aquella habitación, significaba romper con todas esas cadenas. Era un final y un comienzo al mismo tiempo. Y yo intuía que él no se iba a conformar con dejarme sana y salva junto a Shelly, de vuelta en la ciudad. Pero yo no podía pensar más allá; solo en lo que estaba pasando con mi piel.

Me puse de puntillas en el suelo de nuevo, y me apoyé en su cuerpo desnudo. Ninguno de los dos necesitaba más preliminares, estábamos listos para entregarnos el uno al otro. Yo me moría por sentir el frío cristal de la ventana sobre las mejillas mientras Duncan me follaba. No quería que fuera dulce y cuidadoso en ese momento. Ya habría tiempo para ello.

Él deslizó sus dedos por el elástico de mis braguitas y se desprendió de ellas. En ese momen-to me giré, le di la espalda para que no lo viera.

Para que no viese el tatuaje.

Me apoyé en la ventana. Fuera no se veía ni un alma, aunque si alguno de los otros huéspedes del motel paseara por allí en aquel momento podría sin duda intuir la acción detrás de la ventana.

Duncan rodeó mi torso con sus brazos, escuchaba cómo su respiración se aceleraba junto a mi oído, así como la velocidad con la que me acariciaba. Me revolví como una serpiente entre sus brazos para que pudiese alcanzar con ellos hasta el último de mis rincones hipersensibles. No quería decirle a Duncan lo que me gustaba, lo que necesitaba en ese instante. Quería que él lo adivinara. Y así estaba siendo.

Su pene, tieso y completamente erecto, se quedó encajado entre mis glúteos endurecidos. Sentí cómo crecía aún más. Mis piernas se entreabrieron automáticamente. Levanté los brazos y busqué su nuca. Él cogió su polla y la colocó entre mis piernas.

—Duncan...— murmuré.

Estaba casi intoxicada, embriagada por la manera en que me estaba acariciando. A punto de suplicarle. Me incliné y apoyé la mejilla derecha sobre la ventana. Él paseó su miembro por mi clítoris, arriba y abajo, torturándome unos segun-dos más.

Se agachó sobre mi espalda y susurró:

—Mantén la cara sobre el cristal, Bella.

Gemí de puras ganas y anticipación. Me recreé en el frío tacto del vidrio y de la noche en el exterior, mientras el resto de mi cuerpo se encendía bajo sus manos.

—Duncan, por favor, no puedo más. Necesito sentirte dentro. Ya.

Un centímetro. Unos segundos después, dos. Sus manos se movían a la velocidad de la luz sobre mi espalda y mi pelo. Lo sujetaban con firmeza para dejarlo ir al cabo de un segundo.

Sin embargo me penetraba muy despacio, sabiendo que así me torturaba lentamente. Interesante, Duncan. ¿Esas teníamos? Eché la cadera hacia atrás, buscando la suya. Quería chocar contra él con violencia. Una y otra vez.

Entonces me la metió hasta el fondo.

Él gimió.

—Si esto es lo que querías, Bella, ¿por qué no me lo pides? ¿No has entendido que estoy aquí para cumplir hasta el último de tus deseos? ¿Necesitas que te lo muestre de forma más explícita?

Me abrazó por la espalda y empezó a follarme con más intensidad. Oh, sí, exacto. Justo lo que necesitaba. Mi mente salió de mi cuerpo, me olvidé de todo; de Roscoe, de la huida, del secuestro y de aquel maldito pueblo del valle, porque era como si con Duncan dentro de mí yo ya me hubiese escapado del infierno.

Continuó embistiéndome. Aumentó el ritmo y me sujetó con fuerza para que no me moviese. Solo cuando me domesticó a su antojo, me soltó y nuestros movimientos se sincronizaron a la perfección. Solo entonces me permitió incorporarme un poco. Apoyé las manos en el cristal de la ventana y sentí como Duncan llegaba hasta el fondo de mi cuerpo. Si no fuese por el placer indescriptible que sentía habría creído que estaba a punto de desfallecer.

—Bella, acércate —dijo—. Estoy a punto. Quiero sentirte cerca. Más que nunca.

Aquello me encendió, antecediendo los fuegos artificiales que se avecinaban. Esa habitación de este triste motel junto a la carretera de Glennfield no había presenciado jamás un sexo tan intenso.

Duncan aminoró el ritmo, como si quisiera dilatar nuestros respectivos orgasmos hasta el infinito. Susurré su nombre; y fue como si al oírlo quisiera que la intimidad que compartíamos se multiplicara, pues me abrazó todavía con más fuerza. Llevó su mano derecha hasta lo más profundo de mis pliegues y los estímulo con intensidad. Ahí me dejé arrastrar por una oleada de placer. Grité de puro éxtasis y él me acompañó, corriéndose al instante. Después me tapó la boca para ahogar mi grito.

—Justin duerme en la habitación de al lado.

Me giré de nuevo y abracé su espalda sudorosa, intentando recuperar el aliento.

—¿Quieres que te deje sola esta noche? Necesitas dormir unas horas, al menos.

—No. Quédate conmigo, Duncan. Quédate.

Me besó en la frente. Ninguno de los dos parecía dispuesto a separarse del otro. Me caí sobre la cama, exhausta. Ni siquiera necesitaba taparme con las sábanas. Me bastaba con el calor de su cuerpo a solo unos centímetros.

CAPÍTULO 6
DUNCAN

Entendí por qué todo era nocturnidad con Bella en cuanto la luz del día nos alcanzó y vi el tatuaje que tenía en su ingle. Imagino que cuando te subes a un escenario es posible maquillarlo, la iluminación también ayuda; pero allí, en la realidad de aquella habitación del motel, el misterio que la envolvía empezaba a disiparse.

Acaricié la palabra perversa que había escrita con tinta oscura sobre su piel, que no era otra que "ROSCOE", y en ese momento ella se despertó.

—Buenos días, ¿qué hora es? —me preguntó.

Después volvió a desplomarse sobre la almohada. Besé los dedos de su mano, que buscaban mi boca en el aire.

—Son casi las nueve. Me desperté hace un rato. Ya he hablado con Justin y le he dicho que tiene que excusarme hoy. Le he dicho que adelantaré el viaje de regreso y lo veré el lunes en Fairy Bay.

—Duncan, te agradezco mucho todo lo que has hecho por mí, pero salir de aquí no es tan fácil. Debería pasar por mi antiguo apartamento. Hay allí dos maletas con ropa que quería recuperar. Perdí mi teléfono, pero puedo comprar uno cuando llegue a casa, y preferiblemente conseguir un número nuevo. Tengo lo básico, pasaporte, carnet de conducir y mi tarjeta de crédito. La ropa me da igual, pero dentro de la maleta hay algunos objetos personales y fotos de mi hija que quiero recuperar. Sigo pensando que no es seguro ir a casa pero...

—No es problema. Te acompaño allí. Vamos a buscar el equipaje y después nos marchamos. Podemos parar a comer en un restaurante que conozco y que sirve el mejor pollo asado del mundo.

Bella suspiró. Yo quería ayudarla, pero necesitaba que me contase qué le preocupaba tanto.

—Lo eliminaré con láser en los próximos días. En cuanto llegue a casa.

—¿El qué?

—El tatuaje —respondió, llevándose la mano a la entrepierna.

—¿Te obligó a tatuarte su nombre?

—Todas debíamos llevarlo en alguna parte del cuerpo. Por desgracia yo no fui consciente de cuándo y en qué circunstancias me lo hicieron. Ni quién lo hizo. Supongo que fue alguno de sus secuaces, e imagino también que alguien me echó algo en la bebida. Me drogaron, Duncan.

Bella siguió recordando su pesadilla:

—Me desperté con su nombre tatuado y no me ofreció ninguna explicación. Solo obtuve su risa estúpida. Sin embargo, yo ya llevaba una semana trabajando allí, y estaba empezando a ganar una cantidad importante de dinero. Decidí pasarlo por alto y me hice varias promesas. Que jamás bebería nada más allí. Que me largaría en cuanto reuniese el dinero para pagar las facturas del hospital de mi padre. Y que en cuanto ponga un pie en Fairy Bay me borraré ese infame tatuaje.

Me hervía la sangre. Sentía rabia y frustración, que rápidamente se convertían en una ira difícil de contener. Quería partirle la cara a Roscoe, así de sencillo. Quería arrastrarlo por aquel aparcamiento y vengarme por lo que le había hecho a Bella.

Ella captó la rabia en mis ojos. No es fácil alterarme, y las pocas veces que algo lo consigue no puedo disimularlo.

—Lo que quiero decir con esto, Duncan, es que Roscoe es alguien de quien quiero mantenerme alejada. Intuía que no me dejaría marcharme tan fácilmente, por eso se lo dije en el último momento. Tomé mis precauciones. Nunca supo mi nombre real; no sabe gran cosa de Shelly y tampoco de donde soy exactamente. Le dije que era de Texas y que algún día volvería al rancho de mis padres...

Texas estaba exactamente en la dirección contraria en la que debíamos conducir esa mañana.

Teníamos que salir del valle. Lo antes posible.

—Es muy tentador quedarse contigo en la cama —le dije—, pero deberíamos ponernos en marcha. ¿Quieres darte una ducha mientras voy a buscar café?

La besé antes de que contestara.

—¿Me prestas una camiseta?

Me reí.

—No.

Me levanté de la cama, abrí la maleta, que ya estaba lista desde hacía un buen rato y busqué algo que ella pudiera ponerse.

—¿Una camisa? —le pregunté.

—Sí, perfecto. Aún mejor.

Le lancé una camisa blanca que probablemente le quedaría enorme.

—Vuelvo enseguida —le dije.

Salí a la recepción, donde todas las mañanas servían café y *bagels* para desayunar. Me había dado la impresión de que, por motivos evidentes, Bella se había callado mucho más de lo que había sucedido en realidad. Puede que fuese mejor no saber; o tal vez necesitaba tomar distancia y tiempo para hablar de ello, si es que quería hacerlo.

De entrada, yo ya tenía prisa por salir de allí, quería devolver a Bella donde pertenecía y una vez allí, preguntarle si querría salir a cenar conmigo alguna noche. Por suerte Justin, aunque incrédulo ante lo poco que le había contado sobre mi encuentro con ella en mitad de la noche, entendió más o menos la situación. Le pedí que no volviese a Roscoe y que alquilase un coche para regresar solo. No acababa de creerse la situación con la *stripper*, y yo tampoco entré en demasiados detalles; pero al fin y al cabo me daba exactamente igual la opinión de Justin al respecto. Yo también he tenido que aguantar muchas de sus mierdas desde que trabajamos juntos; y va a hacer ocho años. Somos como un matrimonio más.

—Creo que volveré el sábado, entonces. Adelantaré la vuelta también un día —me dijo—. Pero uhm...Duncan, ya me contarás todo con más calma, supongo.

—Claro, tío. Hablamos en Fairy Bay el lunes. ¿Puedes también ocuparte de hacer el *check out* del hotel?

—Ningún problema.

Zanjé el tema y dejé que volviera a la cama. Eran las ocho y yo apenas había dormido un par de horas. El cuerpo caliente de Bella a mi lado me había mantenido casi todo el tiempo en vela. Era incandescente. Oírla respirar y saber que por fin descansaba era todo lo que necesitaba por el momento.

Cogí dos vasos de café y varias cápsulas de leche, azúcar, queso fresco y dos bagels. Saludé al tipo de la recepción mientras cargaba con todo, de regreso a la habitación.

Cuando llegué, Bella estaba en la ducha. No había podido evitar echar un vistazo al aparcamiento del motel, antes de cerrar la puerta. Su advertencia con respecto a Roscoe había despertado en mí cierta paranoia. Con respecto a ella, claro; porque no quería toparse con él bajo ningún concepto. A mí, en cambio, nada me haría más feliz que ajustar cuentas con ese cabrón.

La puerta del baño estaba entreabierta. Me acerqué para preguntarle cómo quería el café. Era importante, tenía que aprenderlo, pues en ese momento yo ya sabía que quería despertarme a su lado el resto de mis días. Así que tenía que saber cómo le gustaba el café.

Cuando lo sabes, lo sabes, ¿no?

Eso dicen.

Y así lo había creído siempre, aunque yo nunca hubiese tenido aquella certeza hasta que la vi sobre aquel escenario. Si en ese momento hubiera sabido que aquella era su cárcel de oro habría hecho todo lo posible por sacarla de allí de inmediato.

La observé tras la mampara de la ducha, ajena a mí, mientras sus preocupaciones se iban escurriendo poco a poco por el sumidero. Me excité de nuevo. Hay pocas cosas que me alteren más que una mujer dándose una ducha, ignorán-dome por completo.

Al verla bajo el chorro de agua me quedé sin palabras. Había olvidado qué iba a decirle, para qué había entrado en aquel cuarto de baño si no era para admirarla una vez más. Bella me vio entonces, salió de la ducha y pegó su cuerpo mojado al mío. Se puso de puntillas para alcanzar mis labios. ¿Qué nos estaba pasando? ¿Eran las circunstancias extremas las que nos hacían perder el control? Nuestras pieles ardían de nuevo. Busqué la cremallera del pantalón para liberarme.

No hacía falta que me dijese nada, ya podía leer cada uno de sus gestos. Lo hicimos de nuevo allí mismo, en el baño, atendiendo a nuestro deseo.

• • ⚜ • •

CUANDO ABANDONAMOS el motel ya eran casi las once de la mañana, bastante más tarde de lo previsto. Pero para mí, Bella no se acababa nunca. Me había costado más de la cuenta dejar que se vistiera por fin. Subió a mi coche y se colocó unas gafas de sol con una ridícula montura de color rosa. Se había dejado todas sus pertenencias en dos maletas pero sí había guardado en ese minúsculo bolso aquellas gafas, junto con la documentación, el dinero que había ganado la noche anterior y poco más. Las levantó para que viera sus ojos brillantes, que parecían sonreír al mismo tiempo que sus labios.

—Larguémonos de aquí —le dije.

Bella me apretó la mano que reposaba sobre el freno.

—Acelera. ¡Vámonos!

• • ⚜ • •

SEGUÍ LAS INDICACIONES que me dio hasta llegar a una calle poco transitada en las afueras de Glennfield.

—¿Qué te parece? Más de medio año en este pueblo horrible y aburrido.

Nos detuvimos frente a la última casa de la calle. A unos cincuenta metros, sin embargo, vi algo que no me gustó y que derivó en un mal presentimiento. Un coche negro, con las lunas tintadas y la parte delantera, estaba aparcado al revés, en una posición forzada, contraria a la del resto de coches que había en la calle.

—Todo parece en orden. Vuelvo enseguida —me dijo Bella—. Espérame aquí. Cojo mis maletas y nos largamos.

Me besó y salió del coche a toda velocidad. Entró en la casa y en el minuto escaso que tardó en volver a aparecer en el pequeño jardín que rodeaba la casa de una planta, recuerdo que pensé: nunca tendría que haber dejado que ella entrase en esa casa. Debería haber ido yo mismo.

Todo sucedió muy rápido. Dos hombres provistos de gorras de beisbol y gafas de sol oscuras salieron del coche negro de gran tamaño que estaba en la calle. Se abalanzaron sobre Bella, que soltó las maletas al mismo tiempo que profería un grito desgarrador.

En cuanto vi lo que estaba sucediendo, salí del coche y corrí hasta ella, pero mientras uno la sujetaba el otro me propinaba un puñetazo. El puñetazo más desmedido y peligroso de mi vida. Caí en redondo al suelo y me golpeé la cabeza. Creo que lo último que oí fue mi nombre en sus labios.

Durante unos segundos, perdí el conoci-miento.

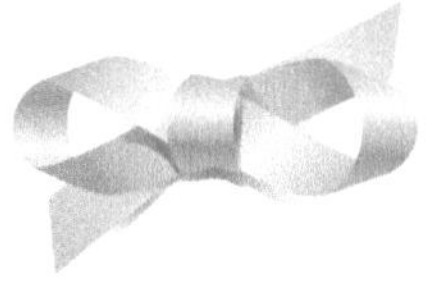

CAPÍTULO 7

BELLA

Me maquillaba delante del espejo del vestuario bajo la mirada atenta de Roscoe, que no se había movido de mi lado desde que sus secuaces me capturaron en la puerta de casa. Me había dado un golpe en la mejilla cuando intentaban reducirme y mi cara chocó contra la puerta del coche estrepitosamente. Roscoe se cabreó por ello. Odiaba que tuviésemos moratones, espe-cialmente en el rostro.

—Cúbrelo bien con maquillaje, por favor. No quiero que se te vea la cara hinchada durante el show. Me alegra que hayas entrado en razón, Bella. Estamos encantados de tenerte de vuelta.

No abrí la boca. Estaba tan cabreada que temía estropear aún más las cosas.

Todo aquello, estar allí de regreso, no era más que una auténtica pesadilla. Y lo peor de todo era que no me habían dejado ver cómo estaba Duncan, que se había quedado tendido en el jardín. Temía seriamente que le hubiese sucedido algo.

Solo esperaba que se hubiese recuperado. A través de la ventana trasera del coche en el que me llevaron pude ver como se incorporaba un poco y se tocaba la nuca. Respiré un poco más tranquila, pues pensaba que el golpe era más serio y que se había desmayado. Al parecer, el desva-necimiento solo duró unos instantes. Grité y grité, pero mis captores no atendieron a ninguna de mis súplicas. Arrancaron el coche y me llevaron de nuevo al maldito infierno.

Llegué al club de Roscoe dispuesta a pelear para que me dejasen en paz, para dejarle claro, una y otra vez, que iba a recuperar mi vida y que mi tiempo allí se había terminado. No me dejaron hablar con ninguna de mis compañeras. Tan solo estaba por allí Mindy, que me trajo un poco de hielo para el rostro y le recriminó al dueño su condenada actitud.

Cuando me tranquilicé, le dije una vez más lo que me pasaba por la mente.

—No he "entrado en razón", Derek Roscoe. No me has dejado ninguna otra opción. Haré el maldito show privado para tus clientes y en cuanto acabe me largo de aquí.

—Tenemos un trato —dijo, satisfecho por salirse con la suya—. Y yo siempre cumplo mis promesas.

Sonrió falsamente. No podía confiar en él, por supuesto que no. Y mucho menos después de todo lo que me había hecho. Siempre me había pagado lo acordado, pero ahí se terminaba cual-quier concesión por mi parte.

Roscoe siguió hablando:

—Lo digo en serio, Bella. Ni siquiera necesito que estés en la sala principal. Solo en el privado, tú y Crystal. Y cuando termines, puedes largarte. No quiero que entre nosotros haya problemas, ¿y sabes por qué?

Lo miré. Sorpréndeme, cabrón.

—Porque todas volvéis. Tarde o temprano, todas queréis menear el culo aquí de nuevo y que os lluevan los dólares.

—Yo no volveré, Roscoe.

—¿Cuándo has ganado más dinero en tu vida que aquí conmigo, hija?

—No me importa.

—Llevo veintiséis años detrás de esa barra. ¿Sabes cuántas veces he oído "yo no volveré? Muchas.

—Me da igual. De mí no lo oirás.

Soltó una carcajada. Estaba a punto de replicar de nuevo, pero cerré el pico. No tenía ningún sentido discutir con una pared. Me levanté de la silla y me dirigí a la cortina que nos separaba del escenario principal.

—¿Dónde vas?

—Tranquilo, no voy a escaparme.

—Eso espero. No quiero que Gordon tenga que acompañarte a cada paso que des. Lo necesito ahí fuera, hoy tenemos mucha clientela.

Dio unas palmadas para llamar la atención de las chicas que iban entrando en el vestuario.

—¡Hoy llenamos, chicas!

Menudo energúmeno. A pesar de aquella aparente voluntad de entendimiento, yo estaba inquieta. Sabía muy bien que no debía fiarme de él, y que no podía, bajo ningún concepto, permitir que volviese a encerrarme. Hubiese querido hablar con Mindy, pero no me dejó acercarme a la camarera.

Me asomé a través de la cortina. Parecía haber más gente que nunca. Miré con atención, pues esperaba ver a Duncan. Esa era la esperanza que quedaba en mí. De repente me invadió también la tristeza. ¿Qué pasaba si no nos volvíamos a ver? Aquel chico no debía querer problemas, tenía una vida estable. Y hasta ahora eso es lo único que yo le había traído. En apenas veinticuatro horas.

El club estaba de lo más animado. Algunas de mis compañeras ya estaban sobre el escenario y la música sonaba como siempre, siempre las mismas canciones. Vi algunos rostros conocidos, pero ni rastro de Duncan.

—Bella.

Me giré. Era otra vez el maldito Roscoe. Parecía algo nervioso.

—Qué.

—Han llegado ya los clientes. ¿Puedo confiar en que todo va a salir bien?

—Cumpliré con mi trabajo —respondí con frialdad.

Extendió la mano. En ella llevaba mi teléfono.

—Toma. Te lo dejaste anoche en mi despacho —dijo—. Para que veas que hemos hecho borrón y cuenta nueva.

Me mordí la lengua. Ojalá entendiese de una vez que no había forma humana de convencerme para que cambiase de planes. Se perdió entre el tumulto del bar y yo regresé de nuevo al vestuario. Apagué el teléfono y lo guardé en mi bolso.

Crystal me esperaba, enfundada en un microvestido de lentejuelas; lista para ir al reservado donde nos esperaban los malditos inversores del valle.

—¿Lista? —me preguntó.

Era mucho más joven que yo. Apenas llevaba tres semanas trabajando en el local, y juraría que ni siquiera había cumplido los veinte años. Alzó los brazos para recogerse un mechón de pelo que se había escapado de una de sus horquillas y entonces lo vi. El tatuaje. La marca del diablo, en la cara interna de su brazo derecho. Me sonrió, ajena a todo lo que me pasaba por la cabeza.

Caminamos de forma mecánica hacia la sala privada, donde tres tipos de edad avanzada bebían y fumaban, acomodados en dos sofás. Me detuve en seco antes de poner un pie allí dentro. Eran repulsivos.

—¿Qué sucede?

—No puedo, Crystal.

—¿Qué? ¿Cómo que no puedes? ¿Te encuen-tras bien, Bella? Estás pálida...

—No puedo hacerlo. No voy a hacer el show privado.

Crystal soltó una risa nerviosa.

—Claro que puedes, ¿de qué estás hablando? Roscoe me ha contado lo que pasó anoche. ¿No entiendes que estás creándonos problemas a todas con esta actitud? Te largas esta noche, ¿no? Pues qué más te da, hazlo y ya está. Y todo habrá terminado.

Di un paso atrás.

—Lo siento, Crystal. Pídele a Rochelle que te acompañe.

—No puedo hacer eso. Los clientes quieren que estés tú.

—He de irme.

Tenía que salir de allí. Huir de nuevo. Huir todas las veces que fueran necesarias.

Justo en ese momento el ruido en el interior del local se elevó. Oí un griterío mientras me encaminaba de nuevo hacia el vestuario a buscar mi bolso. Parecía una nueva pelea. Me acerqué a una de las cortinas y la deslicé lo justo para poder mirar sin ser vista.

Junto al escenario en el que Rochelle bailaba en ese momento se había montado una gran trifulca. Varios tipos estaban propinándose puñetazos los unos a los otros, y entre ellos vi a... Justin. El amigo de Duncan. Parecía estar divirtiéndose. Eché un rápido vistazo por el local, pero ni rastro de él. Entonces vi cómo Gordon, los otros dos tipos de seguridad y el mismísimo Roscoe acudían rápidamente para sacar de allí a todos los que estaban armando jaleo.

Es mi momento, pensé. Ahora, Bella.

Y justo en ese instante noté como una mano me alcanzaba. Me giré. Y allí estaba él. Duncan. Me abrazó.

—Dios mío, Bella. ¿Estás bien?

—Eso debería preguntártelo yo —contesté.

Me besó. Una vez. Dos. No quería que parara.

—Escúchame. Hemos de salir de aquí de inmediato. Tengo el coche en la parte trasera del local.

Asentí.

—Sí, larguémonos de una vez.

Lo cogí de la mano e hice que me acompañara al vestuario. Allí cogí el bolso y salimos corriendo por el pasillo que conducía hasta el despacho de Roscoe. Al fondo estaba la salida de emergencia. Había aparcado su coche a unos pocos metros.

Me subió en el asiento del copiloto y arrancó. Solo cuando habíamos salido de los límites de Glennfield y dejó de conducir a demasiada velocidad se detuvo un momento en el arcén de la carretera. El peligro ya había pasado.

—¿Estás bien? —le pregunté. Le acaricié su dolorida nuca.

—Ahora estoy perfectamente.

—¿Qué ha sucedido? Tu amigo se ha metido en una pelea...

Sonrió. Empezaba a acostumbrarme demasia-do a aquella seductora sonrisa.

—No te preocupes por eso. Eran Justin y el recepcionista del motel. Me han echado una mano para despistar a los gorilas de Roscoe y poder sacarte de allí. Estará bien. Solía ganar todas las peleas en el instituto. Ese cabrón... le debo una. Y se la cobrará, no te quepa la menor duda.

Lo abracé de nuevo.

—No tienes la menor idea de cuánto me alegro de verte.

—Yo también, cariño.

Me estremeció escuchar aquella palabra brotando de sus labios. Mis ojos se llenaron de lágrimas. Duncan deslizó sus dedos pulgares por mi rostro.

—Ah, por cierto. Recogí tus maletas del jardín y las guardé en el maletero. ¿Estás preparada para volver a Fairy Bay conmigo, Katherine?

Asentí.

—¿Cómo lo sabes? ¿Cómo sabes mi nombre?

Duncan sonrió. Rebuscó en uno de los bolsillos de su pantalón.

—Tu colega Mindy me lo dio en cuanto me ha visto aparecer por el bar. Y me insistió en que debía llamarte. Debo reconocer que esto me ha encantado.

Allí estaba, el papel arrugado donde la noche antes había garabateado mi número de teléfono y mi nombre.

Mi nombre real.

Katherine. Lo había anotado en aquel trozo de papel. Esa era mi manera de enterrar a Bella.

Pero Duncan no iba a arrancar y pisar de nuevo el acelerador sin besarme otra vez y prometerme que me llamaría. Todas las noches del resto de mi vida, si era necesario, hasta que aceptase cenar con él una vez me llevase junto a Shelly. Y ese fue el final de Bella y el principio de nuestra historia juntos. La historia interminable de Katherine y Duncan, y de toda la felicidad que estaba por venir.

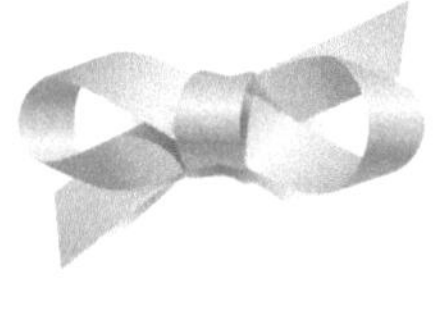

EPÍLOGO

Un año después...

KATHERINE

Miré el reloj, deseando que sonase el timbre de mi última clase. Era la semana antes de los exámenes finales y, si todo salía según lo previsto, tendría todo un verano por delante ya con mi título de enfermera en el bolsillo.

—Recordad traer mañana las encuestas rellenadas, por favor —dijo la profesora Russell, a pesar de que nadie la escuchaba ya.

—¡Mañana es sábado, profesora! —gritó alguien desde el fondo de la clase.

—¡Pues el lunes! Ya me habéis entendido. A veces me pregunto si hay vida inteligente entre estas cuatro paredes...

Me despedí de Skylar hasta el lunes, una de mis mejores amigas durante el último curso de enfermería en Clermont.

—¿En serio no te apuntas a tomar algo, Katherine?

—¡Otro día, lo prometo!

Salí corriendo por el pasillo porque sabía muy bien lo que me esperaba en la puerta principal del campus de Clermont todos los viernes. Atravesé a toda prisa los jardines que rodeaban la facultad de enfermería hasta llegar al aparcamiento.

—¡Mamá! —gritó Shelly.

Mi hija se soltó de la mano de Duncan y vino corriendo a darme un abrazo. Era increíble lo mucho que había crecido en el último año.

Me acerqué a mi prometido, que no estaba dispuesto a perdonar el beso con el que siempre inaugurábamos el fin de semana.

—¿Qué tal el día?

—Fenomenal, gracias por traerla.

—Bueno, Shelly y yo ya nos aburríamos en el parque. ¿Tienes que estudiar este fin de semana?

—Mmmmmm...¿Sabes qué? Lo llevo bastante bien. No he hecho otra cosa que estudiar los últimos tres meses. Me concedo el sábado libre.

Duncan se rio.

—Lo sé. No has parado de estudiar. Me tienes un poco abandonado, cariño.

—¿Noche de pizza, entonces? —pregunté, acariciándole la barba que últimamente se dejaba.

—¿Sabes que estamos convirtiéndonos en eso que tanto nos gusta criticar, no?

—Sí, ¡y me encanta!

Colocó a Shelly en su sillita, en el asiento trasero del coche. La verdad, cada día me despertaba pensando que estaba viviendo el mejor de los sueños.

Duncan me llamó para invitarme a cenar al día siguiente de nuestra huida de Glennfield. No se quedó en una cita. A la primera le siguieron muchas más, y muy pronto me pidió que Shelly y yo nos fuésemos a vivir a su casa. *Es demasiado grande para mí solo*, me dijo. También me confesó que su sueño era llenar aquellas habitaciones de niños. *Pero solo cuando termines tu carrera de enfermería*, recalcó, muy serio. *Bueno, y cuando a ti te apetezca*, añadió después. En su cabeza todo encajaba a la perfección y yo no pude hacer otra cosa que contagiarme de su entusiasmo.

Supe que las cosas iban completamente en serio entre nosotros cuando me dijo que le encantaría adoptar a Shelly. *Solo si consideras que es lo adecuado.*

Después de meditarlo, y de ver cómo mi hija se había enamorado de él casi tanto como yo, le dije que sí. Que quería formar una familia con él. A veces, sin darnos cuenta, ponemos frenos a nuestra felicidad, saboteamos las pequeñas señales del destino cuando este nos sirve en bandeja lo que siempre hemos deseado. Como aquella noche en que nos conocimos en el aparcamiento de Roscoe y le dije que lo mejor era que se marchase a casa.

Duncan condujo en dirección a los suburbios de Fairy Bay, donde estaba nuestro hogar.

—¿Qué tal está Justin? —pregunté.

Resopló. Su socio era siempre una gran fuente de anécdotas, cotilleos y escándalos.

—¿Sabes lo que me dijo ayer? —preguntó Duncan, bajando la voz.

—Sorpréndeme.

—Que si, por los viejos tiempos, quería acompañarlo mañana a tomar algo a un club de *striptease*.

Solté una carcajada.

—¿Y tú qué le has dicho?

Duncan levantó la mano del freno y la dejó caer sobre mi rodilla.

—Le he dicho que yo ya tengo el espectáculo en casa, todas las noches de la semana —respondió, sonriéndome como siempre que quería derretirme.

Y tiene toda la razón. A veces cerramos las puertas del dormitorio por la noche y es entonces, cuando nos aseguramos de que Shelly ya está completamente dormida, cuando Duncan vuelve a llamarme Bella.

FIN